1866077

# El Día de Colón

## Celebramos a un explorador famoso

*Elaine Landau*

**Enslow Elementary**

an imprint of

**Enslow Publishers, Inc.**

40 Industrial Road      PO Box 38
Box 398      Aldershot
Berkeley Heights, NJ 07922    Hants GU12 6BP
USA      UK

http://www.enslow.com

*Para Aaron Herschberg*

Enslow Elementary, an imprint of Enslow Publishers, Inc.

Enslow Elementary ® is a registered trademark of Enslow Publishers, Inc.

Spanish edition copyright © 2005 by Enslow Publishers, Inc.

Originally published in English under the title *Columbus Day—Celebrating a Famous Explorer* © 2001 Elaine Landau.

Spanish edition translated by Carolina Jusid, edited by Susana C. Schultz, of Strictly Spanish, LLC.

**Library of Congress Cataloging-in-Publication Data**

Landau, Elaine.
   [Columbus Day : celebrating a famous explorer. Spanish]
   El Día de Colón : celebramos a un explorador famoso / Elaine Landau.
     p. cm. — (Días festivos)
   Includes bibliographical references and index.
   ISBN 0-7660-2619-1
   1. Columbus Day—Juvenile literature. 2. Columbus, Christopher—Juvenile literature. 3. America—Discovery and exploration—Spanish—Juvenile literature. I. Title. II. Series.
   E120.L2618 2005
   394.264—dc22
                                 2005007339

Printed in the United States of America

10 9 8 7 6 5 4 3 2 1

**To Our Readers:** We have done our best to make sure all Internet addresses in this book were active and appropriate when we went to press. However, the author and the publishers have no control over and assume no liability for the material available on those Internet sites or on other Web sites they may link to. Any comments or suggestions can be sent by e-mail to comments@enslow.com or to the address on the back cover.

Every effort has been made to locate all copyright holders of material used in this book. If any errors or omissions have occurred, corrections will be made in future editions of this book.

**A nuestros lectores:** Hemos hecho lo posible para asegurar que todos los sitios de Internet que aparecen en este libro estuvieran activos y fueran apropiados en el momento de impresión. Sin embargo, el autor y el editor no tienen control sobre, ni asumen responsabilidad por, los materiales disponibles en esos sitios de Internet o en otros de la Web a los cuales se conectan. Todos los comentarios o sugerencias pueden ser enviados por correo electrónico a comments@enslow.com o a la dirección que aparece en la cubierta trasera.

Se ha hecho todo el esfuerzo posible para localizar a quienes tienen los derechos de autor de todos los materiales utilizados en este libro. Si existieran errores u omisiones, se harán correcciones en futuras ediciones de este libro.

**Photo credits/Créditos fotográficos:** American Stock/Archive Photos, p. 20 (bottom/parte inferior); Archive Photos, pp. 4, 8, 15, 16, 18 (both/ambos), 20 (top and middle/parte superior y central), 25, 26, 27, 28, 29, 30, 31, 32, 33, 34, 36, 38, 40, 45, 46, 47; © 1999 Artville, LLC., p. 6; Corel Corporation, pp. 41, 42, 44, 48; Enslow Publishers, Inc., pp. 10, 11, 19, 23; Hemera Technologies Inc., 1997-2000, pp. 1, 2, 3, 5, 7, 9, 13, 14; Hirz/Archive Photos, p. 22; Ilustración cortesía de Skyler McGene, p. 12; John Crino/Archive Photos, p. 24; © 2005 JupiterImages, p. 17, 35; Lambert/Archive Photos, pp. 21, 37; Administración Nacional de Aeronáutica y el Espacio (NASA), p. 43; Reuters/Desmond Boylan/Archive Photos, p. 39.

**Cover credits/Créditos de la cubierta:** Archive Photos (main/principal); Hemera Technologies y Corel Corporation (boxed images/imágenes en cuadros). Cristóbal Colón (middle/en el centro) aparece aquí con dos hombres de su misión que no han sido identificados.

# CONTENIDO

Cristóbal Colón es famoso por haber cruzado el Océano Atlántico en barco y haber llegado a las Américas.

# CAPÍTULO 1

# Cristóbal Colón

Hace cientos de años un hombre de Génova, Italia, soñó navegar hasta un lugar desconocido. Ese hombre era Cristóbal Colón.

Colón es famoso por haber cruzado el Océano Atlántico en barco y haber llegado a las Américas. Era un mundo totalmente nuevo que desconocían los europeos. Pero lo que quería Colón en realidad no era encontrar esa parte del mundo. Cuando dejó Europa estaba buscando una forma de llegar a Asia por el mar. Había muchas cosas nuevas y fascinantes en Asia. Colón quería traer algunas de esas cosas al regresar a casa.

En lugar de llegar a Asia, Colón llegó a una isla del Mar Caribe que ahora pertenece a las Islas de las Antillas. Colón viajó al Nuevo Mundo cuatro veces entre 1492 y 1504 para explorar las Antillas. También exploró las costas de América Central y América del Sur.

Algunos creen que Colón descubrió América, pero esto no es totalmente cierto. Los indígenas americanos que vivían allí llegaron

**Las Américas eran un mundo desconocido por los europeos.**

muchos años antes. Colón ni siquiera fue el primer europeo que desembarcó allí. Alrededor del año 1000 A.C., aventureros vikingos desembarcaron en la costa norteamericana. Pero no se quedaron mucho tiempo. Los vikingos vivían en la zona que ahora se conoce como Dinamarca, Noruega y Suecia.

**Los vikingos llegaron a América del Norte en barcos similares a éste.**

Los viajes de Colón establecieron un vínculo permanente entre Europa y las Américas. Al poco tiempo, otros exploradores lo siguieron y el comercio y las colonias crecieron. La vida de las personas a ambos lados del Océano Atlántico cambiaron para siempre y Cristóbal Colón se ganó un lugar en la historia.

Cada año recordamos a Cristóbal Colón el segundo lunes de octubre. Esto se debe a que Colón desembarcó en las Antillas el 12 de octubre de 1492.

**Cristóbal Colón nació en 1451 en Génova, Italia.**

# Al principio

Cristóbal Colón nació en 1451 en Génova, Italia, un activo puerto marítimo de la costa noroeste de Italia.

Lo llamamos Cristóbal Colón, pero ese no es el nombre que le dieron sus padres. Ellos lo llamaban Cristoforo Colombo. Este es el nombre en italiano. Más adelante Colón fue a España donde lo conocerían como Cristóbal Colón. Este es su nombre en español.

No sabemos mucho acerca de la infancia de Colón, pero sabemos que tenía cuatro hermanos y hermanas. Tenía una relación especial y estrecha con sus hermanos Bartolomé y Diego. Jugaban juntos cuando eran niños. Cuando crecieron con frecuencia trabajaban juntos.

## COLÓN CUANDO NIÑO

★

*Nadie se imaginaba que Cristóbal Colón algún día se convertiría en un famoso explorador. Su padre y su abuelo eran tejedores de lana. Pero su padre quería que su hijo mayor fuera más que eso. Esperaba que algún día Cristóbal se convirtiera en un gran mercader.*

**Génova, Italia, es un puerto marítimo muy activo de la costa noroeste de Italia.**

El comercio era un negocio exitoso en Génova. Muchos mercaderes de Génova ganaron gran cantidad de dinero. Viajaban a tierras lejanas donde compraban y vendían muchas diferentes cosas.

Colón debe haber sido un mercader exitoso. Cuando era un muchacho estudió matemáticas y un idioma que se llamaba latín. Más tarde, quiso hacer muchas cosas. Pero se necesitaba mucho dinero para convertirse en mercader. De modo que, al principio, Colón trabajó para un hombre que era mercader.

Alrededor de la década de 1470, Colón había hecho varios viajes comerciales. Había ido a Francia en Europa, a Túnez en África y a otros países. Aprendió sobre el comercio y la navegación. Lo que más le gustaba era navegar.

Colón se mudó de Italia a Portugal en 1476.

No sabemos bien por qué. Según se cuenta, trataba de llegar a Inglaterra cuando unos piratas atacaron su barco cerca de Portugal. Puede que Colón haya sido herido.

Cristóbal Colón no estaba solo cuando llegó a Portugal. Su hermano Bartolomé estaba con él. Al igual que a Cristóbal, a Bartolomé Colón le gustaba navegar por el mar. Bartolomé y Cristóbal Colón diseñaron y vendieron mapas a los mercaderes.

Los hermanos Colón vivían en Lisboa, Portugal, un puerto marítimo muy activo. Siempre llegaban barcos a Lisboa. Había muchas oportunidades de zarpar hacia lugares lejanos. Cristóbal Colón a veces zarpaba hacia esos lugares.

Hizo otras cosas también. Se casó con una mujer joven

**En 1476 Colón se mudó de Italia a Portugal.**

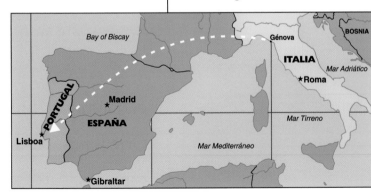

11

llamada Felipa Perestrello de Moniz en 1479. Un año más tarde tuvieron un hijo, al que llamaron Diego. El padre de Felipa era el gobernador de Porto Santo, una isla portuguesa en las afueras de la costa del norte de África. Colón vivió allí con su esposa y su hijo durante un tiempo.

A principios de la década de 1480, Colón zarpó hacia las Islas Canarias. Este es un grupo de islas en las afueras de la costa oeste de África. También visitó el oeste de África. Allí aprendió sobre el comercio de esclavos, oro y piedras preciosas como los diamantes.

Colón sabía que lo que necesitaban los mercaderes europeos era una ruta más segura y más corta para llegar a Asia. Allí se encontraban India, Japón, China y las Indias Orientales. Estos países tenían oro, seda y especias. Las especias, como el clavo de olor

**Colón se casó con Felipa Perestrello de Moniz en 1479.**

y la nuez moscada, no sólo se usaban para las comidas. También se usaban como medicina y la gente pagaba mucho dinero por ellas.

Pero llegar a Asia era muy difícil. Llevaba un largo y costoso viaje por tierra. Los viajantes a menudo eran atacados por bandidos en el camino.

Tampoco era fácil llegar viajando por mar. Los viajantes llegaban a Asia dando muchas vueltas. Zarpaban hacia el sur y luego viraban hacia el este bordeando África. El viaje era difícil y peligroso. Muchos barcos naufragaban en tormentas marinas. Los piratas a veces atacaban estos barcos. Los piratas sabían que los barcos llevaban cosas valiosas.

Colón estudió todos los mapas y cartas de navegación. Finalmente trazó una nueva ruta para llegar a Asia. Quería zarpar hacia el oeste en lugar de hacia el este. Colón creía que así el

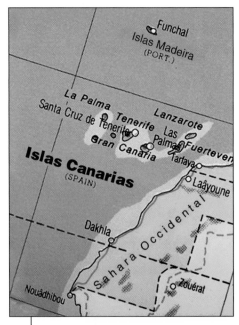

A principios de la década de 1480, Colón zarpó desde su hogar en Portugal hacia las Islas Canarias. Este es un grupo de islas en las afueras de la costa oeste de África.

**El oro, las especias, la seda y otras riquezas provenían de Asia.**

viaje sería más corto. Después de todo, la Tierra es redonda. De modo que los viajantes deberían poder llegar a Asia en cualquiera de estas direcciones.

Al principio nadie le creyó. Algunas personas piensan que la gente no le creía porque decía que la Tierra era redonda. Eso no es cierto. La gente inteligente ya sabía que la Tierra era redonda. No le creían por otra razón.

Colón creía que el mundo era más pequeño de lo que en realidad era. Por eso él estaba seguro de que Asia estaba mucho más cerca de Europa de lo que en realidad estaba. El plan de Colón también tenía otros problemas. La Tierra está cubierta en su mayor parte por agua. Pero los mapas de Colón la mostraban cubierta en su mayor parte por tierra. Creía que Asia se extendía mucho más hacia el este.

Colón también creía que zarpar hacia el oeste

era la mejor manera de llegar. Esta idea también era errónea. Dos grandes masas de tierra bloqueaban este camino. Esas masas de tierra eran América del Norte y América del Sur. Colón no sabía que existían estos continentes. Muchos años antes, el explorador vikingo Leif Eriksson había desembarcado en América del Norte, pero no se había dado cuenta de dónde estaba. Y su gente nunca se estableció en esas tierras. Para Colón seguía siendo un territorio nuevo que nunca se había explorado.

Cristóbal Colón quiso probar su nueva ruta, pero necesitaba gente que lo ayudara a pagar el costoso viaje. Necesitaba al menos tres barcos para llevar comida, agua y víveres suficientes para un largo viaje. Primero tenía que lograr que los demás creyeran que tenía razón.

Hoy sabemos que Colón nunca llegó a Asia. En su lugar, encontró algo mucho más valioso.

**Muchos años antes del viaje de Colón, el explorador vikingo Leif Eriksson había desembarcado en América del Norte.**

**Cristóbal Colón aparece en su carabela en el mar.**

# CAPÍTULO 3

# Haciendo el sueño realidad

*Un total de noventa hombres se embarcaron en las tres carabelas de Colón, incluidos dos de sus hermanos, Bartolomé y Diego. En cada carabela había un médico. También había un contador que llevaba cuenta de los víveres y trabajaba como traductor. Colón debía poder hablar con la gente de Asia y no sabía sus idiomas.*

Cristóbal Colón estaba decidido a demostrar sus ideas. En 1483 se reunió con el Rey Juan II de Portugal. Colón esperaba que el rey lo ayudara a pagar su viaje. Pero no aceptó la propuesta de Colón. El rey estaba seguro de que Colón nunca llegaría a Asia. Colón seguía creyendo que sí. No quería rendirse.

Los años siguientes fueron difíciles para Colón. Muchas personas se reían de sus ideas. Su esposa murió entre 1484 y 1485. Desalentado, Colón dejó Portugal con su hijo, Diego, y se fue a España.

En 1486, Colón se presentó ante el Rey Fernando y la Reina Isabel de España. Les pidió ayuda para pagar su viaje a Asia.

En 1486, Colón se presentó ante el Rey Fernando y la Reina Isabel de España. Les pidió ayuda para pagar su viaje a Asia. A la reina le gustaron las ideas de Colón. También le gustaba la idea de hallar un camino más rápido para llegar a Asia. Aún así, sus consejeros le decían que era imposible. Se daban cuenta de que el mundo era más grande de lo que Colón creía. También sabían que la Tierra tenía más agua que tierra. Una vez más, los consejeros reales tenían razón. Y, como antes, Colón no les creía.

Esta vez tuvo suerte. La Reina Isabel no estaba muy convencida de que Colón estuviera equivocado. Otra persona que aconsejaba a la reina pensaba que Colón podía tener razón. Esa persona era el tesorero real, Luís de Santangel. En ese momento, España no tenía suficiente dinero para pagar el viaje de Colón.

Sin embargo, la reina no dijo en forma definitiva que España se negaría a ayudar.

Colón esperó y tuvo fe. Continuó hablándole a la reina acerca del viaje. También buscó a otras personas que podrían ayudar a pagar el viaje. Volvió a Portugal a pedir ayuda al Rey Juan II otra vez, pero nuevamente el rey se negó. Colón le pidió ayuda a su hermano Bartolomé. Bartolomé viajó a distintos países buscando personas que desearan ayudar a

La Reina Isabel de España (sentada a la izquierda) escucha a Colón (de pie a la derecha).

**Colón tenía tres carabelas para su viaje, la *Niña* (arriba), la *Pinta* (centro) y la *Santa María* (abajo).**

pagar el viaje. Inglaterra y Francia le negaron la ayuda.

Entonces, en la primavera de 1492 todo cambió. España había ganado una guerra. Ahora tenía dinero para el viaje de Colón. Algunos creen que la Reina Isabel vendió sus joyas para ayudarlo, pero no fue así. Luís de Santangel urgió a la reina a ayudar con el pago del viaje de Colón, y ella lo hizo.

Colón se preparó entusiasmado para viajar. Tenía tres carabelas: la *Niña*, la *Pinta* y la *Santa María*. Colón era capitán de la *Santa María*, la carabela más grande. Pero su favorita era la *Niña*. Era más liviana y más rápida que las otras dos.

Las carabelas de madera no eran como los modernos barcos de hoy. En esa época los barcos no tenían motor. La tripulación debía mover los barcos con cuerdas y velas. Sólo los

oficiales tenían camarotes. Los marineros debían dormir a la intemperie en la cubierta del barco. Cuando hacía mal tiempo dormían en las bodegas. La comida tampoco era la mejor. Los hombres comían carne o pescado salados y galletas duras. Bebían vino mezclado con agua.

**Colón y su tripulación partieron de España el 3 de agosto de 1492.**

**La *Santa María* en el agua.**

El 3 de agosto de 1492, las tres carabelas de Colón zarparon del puerto de Palos, España. La primera parada fue en las Islas Canarias. Allí se reabastecerían de comida fresca, agua y madera. La madera se usó para hacer algunas reparaciones en la *Pinta*. Los marineros de la *Niña* fueron reemplazados por marineros más fuertes.

El 6 de septiembre continuaron viaje. Al principio la tripulación creía tener suerte. Los vientos eran fuertes y soplaban a favor. Las carabelas hicieron buenos tiempos. Pero al cabo de un mes todo cambió. Los hombres se preguntaban por qué todavía no habían llegado a tierra firme.

El miedo se apoderó de los hombres de las tres carabelas. Todos habían oído historias sobre horribles monstruos marinos. Se preguntaban si estas historias podían ser ciertas. Muchos creyeron que nunca llegarían a Asia. Tenían miedo de quedarse sin comida ni agua.

Los hombres no se peleaban con Colón. Pero él sabía que les faltaba poco. Si eso sucedía, podrían echarlo por la borda. Entonces Colón hizo un trato con su tripulación. Les pidió unos días más. Si no

**Todos los hombres de las carabelas de Colón habían oído historias acerca de horribles monstruos marinos.**

llegaban a tierra, regresarían. Nunca sabremos si Colón hubiera mantenido su palabra.

Pronto comenzaron a aparecer signos de esperanza después de que Colón habló con la tripulación. Se vieron aves volando en el cielo. Se vio una rama flotando en el agua. Alguien

**Colón y su tripulación finalmente vieron tierra a la distancia el 12 de octubre de 1492.**

vio un gran trozo de madera en el mar. Parecía como si fuera tallado. La tierra estaba cerca y se la divisó finalmente el 12 de octubre de 1492. Los hombres festejaron disparando los cañones al aire.

Colón creyó que su sueño se había hecho realidad. Se puso sus mejores ropas para bajar del barco y explorar la tierra. Estaba seguro de haber llegado a las Indias Orientales. No podía estar más equivocado. Nuevamente, él no lo sabía.

Cuando llegaron a tierra firme, Colón y sus hombres bajaron de los barcos para explorar.

**Cristóbal Colón (sosteniendo una bandera) y su tripulación finalmente llegaron a tierra.**

# CAPÍTULO 4

# El Nuevo Mundo

*Colón llamó indios a los nativos que conoció. Creyó haber llegado a las Indias Orientales.*

Cristóbal Colón no estaba para nada cerca de Asia. Estaba en las Antillas. Estas islas se encuentran al sudeste de Florida en la costa este de los Estados Unidos. Los nativos de la zona eran agricultores. Cultivaban su propia comida y tejían sus telas. Vivían en pueblos tranquilos. Colón llamó indios a los nativos porque creyó que estaba en las Indias Orientales.

Los indios ayudaron a los visitantes. Les dieron comida a Colón y a sus hombres. Les ofrecieron refugio y les mostraron la isla. Pero su amabilidad no fue retribuida.

Con el tiempo, Colón y sus hombres

Colón y su tripulación desembarcaron en las Antillas. Estas islas se encuentran al sudeste de Florida en la costa este de los Estados Unidos.

comenzaron a tratar mal a los indios. Los hacían trabajar muchas horas y les daban poca comida. Si los indios desobedecían, eran severamente castigados. Muchos murieron por la falta de comida y la crueldad que recibieron. Algunos indios murieron a causa de las enfermedades que trajeron los europeos.

Colón también les inculcó a los indios la religión cristiana. Creyó que esto compensaba lo que los indios habían perdido, pero estaba equivocado.

Colón quiso explorar toda la zona. Aún creía que estaba en Asia. Obligó a algunos de los indios a partir en su carabela como guías. También esperaba llevarlos a España para impresionar al rey y la reina.

Colón dejó algunos de sus hombres en la isla y zarpó con los demás. La siguiente parada fue en la costa norte de la isla de Santo Domingo. Colón tomó el control de la isla y la declaró española. También viajó a Cuba. Pensó que podía ser Japón. En Cuba encontró una pequeña cantidad de oro.

Colón continuó su viaje. Esperaba hallar China antes de regresar a España,

**En 1492, Cristóbal Colón se encontró con los nativos de San Salvador en América Central.**

**Cristóbal Colón de pie en la cubierta de una de sus carabelas.**

pero sus planes se interrumpieron de repente. La noche de Navidad Colón se acostó temprano. Un marinero quedó a cargo del timón de la carabela para mantenerla en su curso. Pero no hizo su trabajo; le ordenó a un muchacho encargado de los camarotes que lo hiciera por él. El muchacho chocó la carabela contra tierra firme. La *Santa María* naufragó sobre un arrecife cerca de Haití.

En un naufragio similar a éste, la *Santa María* chocó y se hundió.

Una vez más los nativos de la isla ayudaron a Colón. El explorador dejó cerca de cuarenta de sus hombres en Haití para que construyeran un fuerte y buscaran oro. La *Santa María* no se pudo reparar, de modo que Colón abandonó la carabela.

La *Niña* y la *Pinta* zarparon hacia a España.

El viaje fue muy difícil. Algunos de los indios que iban con ellos murieron. Hubo terribles tormentas en el mar.

Cuando llegó a España, Colón fue tratado como un rey. Se hicieron fiestas en su honor. El Rey Fernando y la Reina Isabel otorgaron a Colón un título de honor oficial. Ahora era

**Colón fue tratado como un rey cuando regresó a España de su viaje.**

"Almirante de los Mares Oceánicos y Virrey de las Indias".

El rey y la reina también ordenaron un segundo viaje al Nuevo Mundo. Este no sería el último viaje de Colón. En total, Colón viajó cuatro veces. Exploró las islas de Puerto Rico, Trinidad y Jamaica. También exploró partes de América Central y América del Sur.

Colón nunca encontró las riquezas con las que había soñado. También sufrió muchas desilusiones y privaciones antes de morir en 1506. Para entonces ya sabía que no existía una ruta rápida hacia Asia. Pero nunca se dio cuenta de algo muy importante: Había abierto la puerta a un mundo completamente nuevo.

**Este mapa muestra la ruta de Colón en su viaje a través de las Bahamas.**

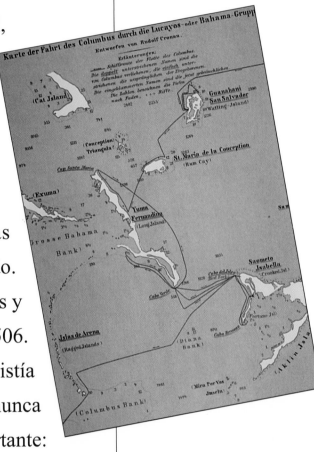

**Cristóbal Colón se inclinó ante el Rey Fernando y la Reina Isabel de España.**

# CAPÍTULO 5

# Recordando a Colón

*Uno de los festejos más grandes del Día de Colón se denominó Exposición Colombina Mundial en Chicago, Illinois. Hubo numerosas e interesantes muestras. Incluyeron modelos de tamaño real de las tres carabelas de Colón.*

Cristóbal Colón zarpó hacia el Nuevo Mundo. Pero no vivimos en Colombia. Vivimos en América. Los continentes América del Norte y América del Sur no llevan el nombre de Colón. Se los llamó así gracias a otro explorador italiano llamado Américo Vespucio.

Cristóbal Colón no fue olvidado. Un país de América del Sur lleva su nombre. Dicho país es la República de Colombia. La capital de los Estados Unidos es Washington, D.C. Las letras D.C. significan Distrito de Columbia. Existen las ciudades de Columbus, Ohio, y Columbus, Georgia. Muchas otras ciudades, calles, escuelas

**Los continentes América del Norte y América del Sur llevan el nombre de Américo Vespucio.**

y edificios de los Estados Unidos llevan el nombre de Colón.

También hay estatuas y monumentos en honor a Cristóbal Colón. En muchos edificios hay retratos de él. Los museos y bibliotecas a menudo hacen exposiciones acerca de Colón. Algunas siguen su ruta hacia las Américas.

Sin embargo, no siempre hemos festejado el Día de Colón. El primer festejo oficial del Día de Colón fue el 12 de octubre de 1792. Ese día fue el aniversario número trescientos del desembarco de Colón. Fue planeado por un grupo conocido como la Sociedad San Tammany u Orden de Colón.

La idea no se afirmó rápidamente. Hubo sólo pequeños festejos en distintas partes del país. Con frecuencia grupos italiano-americanos auspiciaban estas fiestas. Los italiano-americanos estaban orgullosos de que Colón era italiano.

El siguiente y más prolongado festejo del Día de Colón fue en 1892. Era el aniversario número cuatrocientos de la llegada de Colón. Al Presidente Benjamin Harrison de los Estados Unidos le gustó la idea. Pidió a los estadounidenses que lo festejaran en todas partes. Las escuelas prepararon espectáculos acerca de Colón. Los centros sociales realizaron fiestas y bailes. Incluso se escribió un ballet denominado *Colón y el descubrimiento de América*.

Después de 1892 el Día de Colón se festejó con mayor frecuencia. Algunas personas consideraron que debía ser un feriado oficial. Pidieron a los legisladores estatales que declararan el Día de Colón como un feriado oficial. En 1909, Nueva York fue el

Estatuas como ésta en Filadelfia, Pennsylvania, nos recuerdan lo que hizo Colón.

**El Día de Colón no siempre fue un día festivo. Pero hemos encontrado numerosas maneras de honrar a Colón desde su famoso viaje.**

primer estado que lo hizo. El 12 de octubre el gobernador dirigió un gran desfile. Desde entonces se realizan los desfiles del Día de Colón en Nueva York.

También se realizan desfiles del Día de Colón en otros lugares. Muchos estados también declararon el Día de Colón como feriado. En general, un desfile formaba parte del festejo. Finalmente, en 1971, el Día de Colón se convirtió en feriado nacional. Esto significa que el 12 de octubre todas las oficinas de gobierno están cerradas. No se entrega correspondencia. Muchos comercios y escuelas están cerrados. Se supone que es un día de festejo en honor a Cristóbal Colón.

No todos festejan. Los indios americanos no sienten que Colón haya sido un héroe. Desaprueban la crueldad que recibió su pueblo de parte de Colón y sus hombres. En algunas ciudades los indios americanos protestan en contra del Día de Colón. Quieren reemplazarlo por un feriado diferente que honre a todos los americanos.

Este nuevo feriado se celebra en muchos países latinoamericanos. El 12 de octubre esos países festejan el Día de la Raza. Es un festejo de todos los pueblos y de los viajes de Colón. Generalmente se hacen desfiles, festivales y discursos. En algunas ciudades de los Estados Unidos también están cambiando las cosas. En algunas zonas, el "Día de la Diversidad Étnica" ha tomado el lugar de las actividades del Día de Colón.

**Este desfile militar se hizo en honor a Cristóbal Colón en España el 12 de octubre de 1999.**

El viaje de Cristóbal Colón sirvió para que las personas vieran que el mundo era más grande de lo que creían.

# CAPÍTULO 6

# Festejar a tu modo

*En la ciudad de Columbus, Kansas, el Día de Colón se celebra con un festival de tres días. La gente pasea en globo aerostático.*

El Día de Colón se celebra de muchas maneras. En la mayoría de los pueblos y ciudades se hacen desfiles. En algunos lugares se hacen más cosas. Farmingdale, Long Island, en Nueva York, realiza una Feria del Fin de Semana de Colón. Esto incluye un carnaval, barbacoa y música en vivo. Las tiendas venden en la acera. Se hace un espectáculo de magia para los niños y el evento finaliza con fuegos artificiales.

El Día de Colón es divertido en la Montaña Jack Frost en Pennsylvania. Hay un festival de arte y artesanías. Participan en ella más de setenta artistas. Puedes subir la montaña en la

**El Día de Colón se festeja con ferias y carnavales en muchos pueblos de los Estados Unidos.**

telesilla. Y siempre hay gran cantidad de buenas comidas.

La ciudad de Columbus, Kansas, festeja a lo grande. Es la sede de un festival de tres días lleno de diversión. Hay un concurso de belleza para elegir a Miss Colón y un desfile de automóviles clásicos. La gente pasea en globo aerostático.

Algunos grupos en Berkeley, California, festejan de otra manera. Celebran el Día del Indígena. Esta es una fiesta de las culturas amerindias. Hay bailes, comidas y artesanías indio-americanos.

La ciudad de Columbus, Ohio, merece

llevar este nombre. Construyó un modelo de tamaño real de la *Santa María*. Allí, los actores representan las tareas de quienes viajaban. Los visitantes pueden conversar con los actores y ver cómo se trabajaba en el interior de la carabela. Pueden oír cómo el fuego del cañón señalaba a la *Niña* o la *Pinta*. Es lo mejor que hay, después de zarpar con Colón.

El Día de Colón es un buen momento para pensar en el pasado. Pero también es un buen momento para pensar en el futuro. Mucho ha cambiado con el correr de los años. Hoy hay nuevas fronteras para explorar.

Durante el siglo XV se exploraron mares y tierras. Ahora estamos explorando el espacio. ¿A Colón le habría gustado visitar Marte? ¿Habría descubierto una ruta más corta para llegar allí? Universos completamente nuevos nos esperan. Quizá tú estés entre los que ayudarán a explorarlos.

**Colón exploró mares y tierras. Ahora exploramos el espacio.**

# Manualidades para el Día de Colón

★

## Carabela

*A Cristóbal Colón le gustaba navegar. Este proyecto te mostrará cómo hacer tu propia pequeña carabela.*

### Necesitarás:

✔ **un cuadrado de papel de 3 pulgadas**

✔ **crayones o marcadores**

✔ **un palillo de dientes**

✔ **un pequeño trozo de plastilina de color**

✔ **media cáscara de nuez**

*Nota de seguridad:* Pide ayuda a un adulto, si es necesario, para completar este proyecto.

**1.** Decora el cuadrado de papel con los crayones o marcadores. Píntalo como quieras. Esta será la vela del barco.

**2.** Con el palillo de dientes, haz dos agujeritos en el papel. Coloca el palillo atravesando el papel desde un agujerito hacia el otro.

**3.** Haz una bolita con la plastilina. Colócala firmemente en el centro dentro de la cáscara de nuez.

**4.** Clava el extremo del palillo en la plastilina de color. El barco debería mantenerse derecho. El barco está listo para flotar en el lavamanos o un recipiente con agua.

# Palabras a conocer

★

**aniversario**—Día del año en que se celebra un evento del pasado.

**buque**—Barco o bote grande.

**carga**—Bienes que lleva un barco, avión, camión u otro vehículo.

**continente**—Una de las siete grandes extensiones de tierra del planeta. En Estados Unidos, se enseña que América del Norte y América del Sur son dos continentes. En otras partes del mundo se los considera uno solo por lo cual se enseña que hay seis continentes.

**explorador**—Persona que viaja a lugares desconocidos.

**nativo**—Persona que nació en el país donde vive.

**Nuevo Mundo**—Nombre que se usa a veces para referirse a América del Norte y América del Sur.

**territorio**—Toda extensión de tierra importante.

**travesía**—Viaje por agua o a través del espacio.

# Material de lectura

## En español

Adler, David A. *Un Libro Ilustrado Sobre Cristobal Colon*. New York, N.Y.: Holiday House, 1992.

## En inglés

Aller, Susan Bivin. *Christopher Columbus*. Minneapolis, Minn.: Lerner Publications, 2003.

Craats, Rennay. *Columbus Day*. New York: Weigl Publishers, 2004.

Landau, Elaine. *Columbus Day—Celebrating a Famous Explorer*. Berkeley Heights, N.J.: Enslow Publishers, Inc., 2001.

Molzahn, Arlene Bourgeois. *Christopher Columbus: Famous Explorer*. Berkeley Heights, N.J.: Enslow Publishers, Inc., 2003.

Murray, Julie. *Columbus Day*. Edina, Minn.: ABDO Pub. Co., 2004.

Parker, Lewis. *Spain*. Tarrytown, N.Y.: Marshall Cavendish, 2003.

# Direcciones de Internet

★

## En inglés

COLUMBUS DAY AT KID'S DOMAIN
<http://www.kidsdomain.com/holiday/
    columbusday.html>

COLUMBUS DAY CRAFTS AND ACTIVITIES
<http://www.enchantedlearning.com/crafts/
    columbus/>

# Índice

★